Histórias por
UM MUNDO MELHOR

Costa Senna

Histórias por
UM MUNDO MELHOR

Apresentação
MARCO HAURÉLIO

Ilustrações
LUCÉLIA BORGES

1ª edição
São Paulo
2025

© Costa Senna, 2025

1ª Edição, Global Editora, São Paulo 2025

Jefferson L. Alves – diretor editorial
Gustavo Henrique Tuna – gerente editorial
Flávio Samuel – gerente de produção
Juliana Campoi – coordenadora editorial
Jefferson Campos – analista de produção
Marco Haurélio – apresentação
Lucélia Borges – ilustrações
Equipe Global Editora – produção editorial e gráfica

Dados Internacionais de Catalogação na Publicação (CIP)
(Câmara Brasileira do Livro, SP, Brasil)

Senna, Costa
  Histórias por um mundo melhor / Costa Senna ; apresentação Marco Haurélio ; ilustrações Lucélia Borges. – 1. ed. – São Paulo : Global Editora, 2025.

  ISBN 978-65-5612-703-3

  1. Poesia - Literatura infantojuvenil I. Haurélio, Marco. II. Borges, Lucélia. III. Título.

24-244990   CDD-028.5

Índices para catálogo sistemático:
1. Poesia : Literatura infantojuvenil   028.5
2. Poesia : Literatura juvenil   028.5

Cibele Maria Dias - Bibliotecária - CRB-8/9427

Obra atualizada conforme o
NOVO ACORDO ORTOGRÁFICO DA LÍNGUA PORTUGUESA

Global Editora e Distribuidora Ltda.
Rua Pirapitingui, 111 – Liberdade
CEP 01508-020 – São Paulo – SP
Tel.: (11) 3277-7999
e-mail: global@globaleditora.com.br

- grupoeditorialglobal.com.br
- @globaleditora
- blog.grupoeditorialglobal.com.br
- /globaleditora
- /globaleditora
- @globaleditora
- /globaleditora
- @globaleditora

Direitos reservados.
Colabore com a produção científica e cultural.
Proibida a reprodução total ou parcial desta obra sem a autorização do editor.

Nº de Catálogo: **4660**

Agradecimentos

Agradeço à minha família, por não permitir que a ausência nos separe, e aos amigos e amigas que fortalecem sempre as sementes da nossa amizade: produtor cultural Antonio Eleilson Leite, educadora Sonia Couto, professor Afonso Souza, multiartista Júlio Maciel, bibliotecária Cristiane Dourado, cantor Cacá Lopes, humorista Jader Soares, o brincante Zé da Lua, jornalista Rosani Abou Adal, ator Adolfo Moura, cordelista Pedro Monteiro, professora Marinete de Jesus, escritor Jackson Lacerda.

SUMÁRIO

Apresentação, por Marco Haurélio 9

Não pise na bola 17

Sarau do trava-língua 27

O leão que não queria ser rei
(Inspirado num conto popular africano) 39

O casamento do Pequeno Polegar
com a Chapeuzinho Vermelho 49

O patinho Tico nas asas da liberdade 59

APRESENTAÇÃO
COSTA SENNA E O TEMPO DAS HISTÓRIAS

Houve um tempo em que as histórias circulavam boca a boca, perpetuando-se por meio de vozes sábias, por incontáveis gerações. O narrador, em comunidades que desconheciam a escrita, desfrutava de grande prestígio. Afinal, a razão de ser de seu povo era o conjunto de tradições, que abarcava mitos (histórias dos primórdios, explicações sobre a origem das coisas e dos costumes), lendas (que têm origem na história, mas correm em paralelo a esta) e contos (narrativas diversas e de tom mais genérico, englobando fábulas, relatos maravilhosos e anedotas). Em qualquer lugar da Terra, antes da invenção ou da adoção da escrita, a tradição oral preservou muitos tesouros, quase sempre compartilhados por diversos povos.

A descoberta da escrita cuneiforme na Suméria, há mais de cinco milênios, não sepultou a transmissão oral; antes ajudou a preservar alguns mitos fundadores daquele povo e dos povos que o sucederam, a exemplo do *Épico de Gilgamesh* e do *Enuma Elish*[1], que narra a criação do mundo a partir da cosmogonia babilônica.

---

[1] O *Épico* ou *Epopeia de Gilgamesh* narra a jornada deste que foi o primeiro herói mitológico sumério a ter as suas façanhas registradas. Já o *Enuma Elish* ou Épico da Criação narra a batalha entre o deus guerreiro Marduk e o dragão-fêmea Tiamat, culminando na derrota do monstro e na criação do universo.

E o gênero escolhido para preservar na escrita essas narrativas fundacionais foi justamente a poesia. E por qual razão? Os livros eram cunhados em tabuinhas de argila, guardados em bibliotecas de acesso restrito à nobreza. Por isso, embora tenham conhecido um registro formal, tais histórias continuaram a viver na tradição oral, preservadas, mas também transformadas pelo processo dinâmico característico da ciência do Folclore, conceito este sistematizado somente no século XIX.

Povos os mais diversos, já dominando alguma forma de escrita, a exemplo de fenícios, gregos, egípcios, hindus e hebreus, optaram pela poesia para registrar suas histórias, seus mitos, suas orações e, em alguns casos, também para o ensino e difusão dos saberes de cada época. Um exemplo característico é o da Grécia Antiga, em que, por séculos, devido à facilidade de memorização, a poesia se tornou o gênero por excelência, para narrar histórias (épico), falar de amor (lírico) ou escrever peças (dramático), mas também para ensinar e aprender. Tal função cabia aos rapsodos, divulgadores, mas não autores de tais poemas, que, no caso, eram os aedos.

A tradição dos poetas narradores pode ser vislumbrada no mundo inteiro, mas é durante a Idade Média que a figura do menestrel, divulgador de grandes feitos, e, por vezes, autor, ganha destaque. Surgem na França os romances (inicialmente em versos) que recriam as grandes epopeias da Antiguidade, *Tebaida* e *Eneida*, como o *Romance de Tebas*, de autor desconhecido, e o *Romance de Troia*, de Benoît de Sainte-Maure, ambos compostos no século XII. Mas é a *Canção de Rolando*, escrita entre 1160 e 1170, narrando a morte heroica do personagem-título, sobrinho do imperador Carlos Magno, que exercerá duradoura influência para além do seu país e, pode-se dizer, até mesmo de seu continente. Outros épicos, como o poema anglo-saxão *Beowulf* e a *Canção dos Nibelungos*, tendo como fundo a mitologia germânica, além dos romances arturianos compostos inicialmente na França, vincarão no inconsciente coletivo a imagem de uma Idade Média guerreira, em que o amor e a honra eram valores quase absolutos. A Península Ibérica, com as *Cantigas de Santa Maria*, do rei Afonso X de Castela, cognominado o Sábio, e, posteriormente, com os autos e farsas de Gil Vicente e os romances do cego Baltazar Dias, da Ilha Madeira, contemporâneo do rei Dom Sebastião, acrescentará novos e preciosos detalhes a essa rica tapeçaria narrativa à qual se juntam romances de cavalaria, como o *Amadis de Gaula*, que atravessaram os oceanos no período das Grande Navegações.

A literatura de cordel nordestina, equilibrando-se entre a letra e a voz, dividindo-se entre dois grandes ramos (um ligado à preservação e difusão das tradições e outro voltado às histórias locais e aos fatos de grande impacto junto ao público), é, ao mesmo tempo, tributária de todas essas formas e fazeres poéticos e uma manifestação artística vibrante e original, não significando, com isso, que tenha surgido absolutamente do nada. Além das influências citadas, comprovadas na sobrevivência de temas e personagens desse persistente Medievo, mesclado ao *akpalô* africano e à cosmovisão indígena. Disso nos dá testemunho o grande historiador italiano Silvano Peloso:

> Dessa maneira a figura do *akpalô*, portador de poesia e tradição de origem africana, funde-se no Nordeste com a herança do cantador de origem ibérica e lusitana, assimilando também o material de derivação indígena, contribuindo assim para definir o cordel brasileiro com aquelas características mistas que lhe

são peculiares e que vêm posteriormente acentuadas pelo ambiente particular em que este tipo de literatura popular nasce e se desenvolve.[2]

Desde Leandro Gomes de Barros (1865-1918), seu grande sistematizador, poeta mediador entre a tradição oral e a escrita e entre os livros do povo[3] e os folhetos de cordel, passando por seus continuadores, o que se convencionou chamar de literatura de cordel constituiu-se uma mistura nem sempre homogênea de gêneros e de estilos, com algumas características nucleares: as formas poéticas mais ou menos definidas, com predominância da sextilha aberta (com rimas no segundo, quarto e sexto versos) e, em escala menor, nas setilhas e décimas, quase sempre em redondilha maior (versos setissílabos).

***

O exemplo do poeta cearense Costa Senna, cordelista, ator, músico e humorista, natural de Fortaleza, mas criado no Sertão, mostra que o cordel é um gênero que desconhece fronteiras. O nosso poeta foi nutrido nas franjas do teatro e forjado nas intervenções artísticas em que inovação e tradição não se contradizem, mas se completam e se fundem em um mesmo corpo poético, em um mesmo mundo cujos fragmentos formam um fascinante e enigmático caleidoscópio.

---

[2] PELOSO, Silvano. *Medievo no sertão*: tradição medieval europeia e arquétipos da literatura popular no Nordeste do Brasil. Natal: EDUFRN, 2019. p. 45.

[3] Conjunto heterogêneo de publicações de grande sucesso popular, especialmente nas primeiras décadas do século XX. São romances e novelas de origem europeia ou oriental que foram vertidos para o cordel, merecendo um alentado estudo de Luís da Câmara Cascudo, publicado originalmente em 1953. Exemplos: *História da Donzela Teodora, João de Calais, Roberto do Diabo, História da Imperatriz Porcina* e *Pierre e Magalona*.

Homem de teatro, Senna levou para o cordel sua experiência na ribalta. Essa influência, no entanto, não apaga as memórias da infância nas quais misturam-se indistintamente cantadores de feira, emboladores, brincantes do boi de reis e do Cassimiro Coco (o teatro de bonecos do Ceará), bacamarteiros e pifeiros, além de ecos das procissões religiosas acompanhadas de cantos impregnados pelos mistérios que regem a vida e a morte. O cordelista é, antes de tudo, um sujeito performático, já que seu *canto*, mesmo fixado no papel, precisa viver na voz, seja de seu autor, seja do vendedor de folhetos, que cumpre a função que, na Grécia de outros tempos, era delegada aos rapsodos. E Senna, a princípio de forma intuitiva, e depois, meticulosamente calculada, compreendeu seu papel como autor e disseminador de literatura de cordel em ambientes urbanos, primeiramente em sua Fortaleza natal e, desde 1990, em São Paulo, onde buscou conciliar a profissão de autor com a vocação poética, nascendo desta combinação um tipo moderno de saltimbanco, ainda não plenamente estudado.

Se o pioneiro Leandro, paraibano que se estabeleceu no Recife, e os seus conterrâneos Francisco das Chagas Batista (1882-1930) e João Melchíades Ferreira da Silva (1869-1933) corriam os sertões bravios do alvorecer do século XX, nos lombos de animais de carga (cavalos e mulas), conduzindo nas bruacas seus folhetos, Costa Senna fez o caminho inverso: trocando o Nordeste por São Paulo, buscou as praças, os movimentos populares e, principalmente, as escolas como palcos preferenciais de suas *performances* para divulgação de seus cordéis mais conhecidos: "Os atropelos do português", "O doido", "Raul Seixas não morreu" e *Viagem por São Paulo*. Abriu, assim, as portas para os que vieram depois, sem deixar de reconhecer os que o precederam, como Franklin Machado (o Machado Nordestino) e João Antônio de Barros (Jota Barros).

A presente coletânea, com o título *Histórias por um mundo melhor*, reúne cinco histórias: um exemplo, duas fábulas, um folheto lúdico e um *crossover* de dois famosos contos de fadas. O primeiro poema, "Não pise na bola", traz como narrador um poeta quase centenário, que, à maneira dos *griots*, a partir de sua longa trajetória de vida, dá conselhos aos mais jovens. Encaixa-se à perfeição no gênero medieval das *exempla* (exemplos), de onde são extraídas lições com vistas a prevenir acidentes de percurso e surpresas desagradáveis. Chamados em espanhol de *consejas*, tais histórias costumam fazer sucesso em comunidades onde a voz dos anciãos ainda é ouvida e respeitada pelas novas gerações. A literatura de cordel traz alguns exemplos de narrativas afins, como *Conselhos paternais*, de José Bernardo da Silva (1901-1971), e *Conselhos do Padre Cícero a Lampião*, de Francisco das Chagas Batista. Segue-se "Sarau do trava-língua", no qual se desenrola uma competição, pretextando apresentar em setilhas essa modalidade da literatura oral conhecida em todo o mundo.

A terceira história, "O leão que não queria ser rei", inspira-se, como é apontado no subtítulo, num conto popular africano. O conto, em versões a perder de vista, é conhecido em todo o mundo, sendo classificado, no Catálogo Internacional dos Contos Populares[4], como ATU 157 (*Os animais aprendem a temer o homem*). Mestre Luís da Câmara Cascudo (1898-1986), em *Contos tradicionais do Brasil*, apresenta uma versão, "O touro e o homem"[5],

---

[4] Sistema alfanumérico de classificação de narrativas tradicionais criado por Antti Aarne em 1910, no livro que em inglês recebeu de Stith Thompson o título *The types of the international folktales* (Os tipos dos contos populares internacionais), reeditado em 1928 e 1961. Revisto e ampliado, saiu em nova edição em 2004, com texto de Hans-Jörg Uther. ATU é a sigla dos três proponentes do Sistema, Aarne-Thompson-Uther.

[5] CASCUDO, Luís da Câmara. *Contos tradicionais do Brasil*. 13. ed. São Paulo: Global Editora, 2004.

na qual o touro faz as vezes do animal forte e estúpido que aprende, da pior maneira, uma lição de humildade. Todas as quatro versões tradicionais africanas documentadas provêm de Moçambique, provável centro irradiador para o Brasil, onde também se registraram quatro versões, incluindo a citada, recolhida por Câmara Cascudo, e "O leão e o bicho-homem", recolhida por mim e incluída na antologia *No tempo dos encantos* (em parceria com Rogério Soares). Há, ainda, uma versão europeia do século XIII, mencionada pelos Irmãos Grimm, e outra, incluída no célebre ciclo de Renart (o Raposo). Costa Senna ressignifica o conto ao fazer do homem, genericamente antagonista da história, o rei, menos por seus méritos e mais por sua imprevidência e sua sede insaciável de poder.

O cordel seguinte reúne duas personagens de contos de fadas, Chapeuzinho Vermelho e Pequeno Polegar, tornadas célebres inicialmente na coletânea francesa *Histoires ou contes du temps passé, avec des moralités* (Histórias do tempo passado com moralidades), escrita por Charles Perrault (1628-1703) em 1697. Senna fecha esta singela coletânea com "O patinho Tico nas asas da liberdade", um poema inspirado numa história de Rubem Alves, fábula de caráter exemplar que adverte para os riscos decorrentes da desobediência. Trata-se não de uma lição de moral, mas de uma alegoria sobre a necessidade de dosar, com sabedoria, obrigação e diversão, ou, como diria Sigmund Freud (1856-1939), o princípio do prazer com o princípio da realidade. O texto chama a atenção para a ideia distorcida de liberdade que, separada da ideia de responsabilidade, pode conduzir a perigos dos quais nem sempre é possível escapar.

Costa Senna, poeta que há muito atingiu a maturidade literária, alcança, com essas histórias, os pequenos e grandes leitores, logrando o notável feito de escrever um livro que pode ser lido e compreendido por todos. O raro equilíbrio desta publicação se deve à maneira sensível e respeitosa com que seu autor lida com a literatura de cordel, no que ela tem de transnacional, em seus motivos narrativos, e no que ela tem de brasileira: sem escorregar para o nacionalismo caricato, mas sem negar, por outro lado, o que nos define como povo, Senna lança mão de seu talento como *contautor* para marcar definitivamente o seu lugar como um dos mais criativos autores de sua geração.

Marco Haurélio[6]

---

[6] Poeta, estudioso das tradições populares e da literatura de cordel, Marco Haurélio é mestre em Teoria e História Literária pela Universidade Estadual de Campinas (Unicamp) e autor de mais de 50 livros, incluindo *Meus romances de cordel*, lançado pela Global Editora.

NÃO PISE NA BOLA

NÃO PISE NA BOLA

Tenha respeito ao próximo,
Nossa vida é uma escola,
Apontando em cada aula
A força que nos consola,
Voz que sempre nos alerta:
Vê se não pisa na bola.

Porque quem pisa na bola
Raramente se sai bem,
Do ato surge vergonha,
Sufoca o riso que vem;
Podendo lhe contundir
Ou mesmo ferir alguém.

Vai causar aos que lhe amam
Desconforto e amargura,
Transforma belos momentos
Em assombrosa feiura
Mostrando para os presentes
Inesperada postura.

Dedique a toda família
Honestidade e pudor,
Entre parentes e amigos
Plante sementes de amor.
Seja da mãe natureza
Verdadeiro protetor.

Mesmo que você só tenha
Entre seis e doze anos,
Bom é começar bem novo
A semear os bons planos
Evitando desde cedo
Jamais cometer enganos.

Entendendo que os mais velhos
Necessitam de atenção,
Pois lutaram no passado
Pra sua iniciação;
Por tudo isso merecem
Uma melhor proteção.

É importante ser ético,
Isso ajuda a avaliar
O jogo que o adversário
Vai com você disputar;
Mostre pra ele postura,
Vença sem desrespeitar.

Não veja o competidor
Tal qual estranho inimigo,
Você aprende com ele,
E ele aprende contigo.
Faça o concorrente ser
Mais um cordial amigo.

Nos corredores da vida
Sempre há competição,
Não podemos vencer todas,
O susto da contramão

É quem faz você entrar
Na certeira direção.

A vida é bem mais suave
Quando não há preconceito,
Um bom tratamento humano
Merece qualquer sujeito.
Um pé do tripé da paz
É chamado de respeito.

Se você pratica o *bullying*,
Segue a mais errada trilha.
Ele destrói a pessoa
Fere, maltrata e humilha.
Até quem pratica pode
Cair na própria armadilha.

Nunca caia nesse abismo,
Ele é antinatural.
No coração que tu tens
A bondade é teu sinal:
Bem mesmo é fazer o bem
Mal mesmo é fazer o mal.

Ouça cuidadosamente
O que diz o coração:
Respeite seu semelhante,
Para o vício diga não,
Não maltrate os animais,
Não jogue lixo no chão.

Ceda lugar ao idoso,
Não dê voz à rebeldia,

Priorize seus estudos,
Viva em paz e harmonia.
Quando passar por alguém
Dê boa-tarde ou bom-dia.

"Olhai os lírios dos campos",
Do pé ao olho da serra,
Fale a quem prega o terror:
Não precisamos de guerra.
Grite com sorriso aberto:
Viva a querida mãe Terra!

Tenha maior gratidão
Por quem lhe faz gentileza,
Principalmente a quem
Põe a comida na mesa.
Essa generosidade
Amplia sua beleza.

Não abrace a arrogância,
Ela pode lhe isolar
Daqueles que lhe admiram
E gostam de lhe escutar,
Buscando sua ternura
Pra também compartilhar.

É feio pisar na bola,
Em qualquer ocasião.
Ame sua lucidez
E não diga palavrão,
Pra manter "angelicada"
A voz do seu coração.

Nem sempre é tão necessário,
Isso muita gente diz,
Não é bom falar gritando,
Se chatear por um triz,
Falar com a boca cheia
Ou cutucar o nariz.

Quando pedir: por favor.
Ao receber: obrigado.
Tem pessoas conversando,
Tente manter-se calado
Ou lhes peça permissão
E aguarde ser convidado.

A porta estando fechada
Bata e aguarde resposta,
Não zombe dos diferentes,
Isso é triste, ninguém gosta,
Aliás, não faça uso
De tão estranha proposta.

Ilumine seu caráter
Com a luz mais verdadeira,
Ele merece cuidado
Não está pra brincadeira.
E deve ser laureado
Para sua vida inteira.

Iluminando o seu ser
Com a vital energia,
Na construção dos seus sonhos
Dia e noite, noite e dia,

Mas pra não perder-se dela
Abrace a sabedoria.

Sendo assim, venho pedir
Que jamais pise na bola,
Cada vez que a gente pisa
A vida nos mete a sola,
Às vezes bate até mesmo
Em quem nos ama e consola.

Certo é que a criança tem
Horário para estudar,
E também o de dormir,
De levantar, de brincar,
Sabendo que qualquer hora
É hora de respeitar.

A escola onde ela estuda,
Professoras, professores,
E todos familiares
Que são os seus benfeitores,
Pois tudo que eles mais querem
É proteger seus valores.

A religião do outro
Merece ser respeitada,
No dia a dia a higiene
Terá que ser bem cuidada,
E a pátria em que habita
Deve ser por si amada.

Normas de organização
Têm importante papel,

Ser solidário e gentil,
Humanamente fiel,
E tantos outros deveres
Que não estão no cordel.

Seja bom e coerente
E sem pisar na bitola.
Seja craque onde estiver:
Casa, rua, festa e escola,
Por isso criei o título
Que diz: "Não pise na bola".

Que sempre será lembrado,
Não só aqui no meu verso,
Mas sim em todo país
Às vezes tão controverso,
E quem sabe respeitado
Dentro do nosso universo.

Desde os tempos de criança
Nunca entrei em curriola,
Bem-querido na família,
Muito amado na escola.
Hoje com quase cem anos
Eu nunca pisei na bola.

FIM.

Sarau do Trava-Língua

Sarau do Trava-Língua

Na rua dos girassóis,
Mais um sarau se inicia
E só vale trava-língua
Em forma de poesia,
Que todos sejam bem ditos
Desejo aos que estão inscritos
Sucesso e sabedoria.

Vamos chamar o primeiro
Para a língua destravar.
Plateia maravilhosa
Hoje o verbo vai voar,
Para alegrar nossas almas
Salve, salve, muitas palmas
Pra quem vai participar.

Responda se for capaz
Quem trava mais desses três,
São os três seguintes povos:
Português, francês, inglês.
Ou será que eu estou errado,
Trava-língua complicado
É virtude do chinês?

Diga-me duas palavras
Sem travar o trava-língua,
Mas não precisa estudar
Os porquês da metalíngua,
Menina, vem, não se atrase,

Só não quero ouvir a frase:
Há gente morrendo à míngua!

Gente, que barulho é esse?
Parece um grande sopapo!
Não é vácuo, nem é vaca,
Já vi, ali é um sapo.
Um saco com ele dentro,
O jovem sapo no centro
Do saco virou um trapo.

A rainha com a rolha
Fechava sua garrafa,
A rata roeu a rolha
E a rolha já não abafa.
A rata fugiu zombando,
Vendo a rainha tentando
Prendê-la numa tarrafa.

Eu vi a roupa roída
Que o rato roeu do rei,
O da Roma e o da Rússia,
Se tem outro ainda não sei...
Rosalda, Rosa e Rosana
Caçaram uma semana
O rato fora da lei.

Os nomes das quatro primas
Eu começo pela Lara,
Por ter a mesma beleza
Da sua prima Dandara,
Fica a Yara mais bonita

Quando enfeitada de fita
Do jeito da prima Sara.

O tempo diz para o tempo:
Do tempo, tu sabes bem?
Tempo queira me dizer,
Os tempos que o tempo tem?
Um só, com toda certeza,
O tempo em sua grandeza
Se divide em mais de cem.

Thales gritou bem na porta
Do senhor José Tatá:
— Seu Zé Tatá, tá aí?
Responderam-lhe, não tá.
Foi ver Thaís, nossa nora;
Sou Téia, sua senhora,
É o mesmo que Tatá tá.

Do casal João e Josefa
Nascem: Jô, Zé e Bené…
Todos com a pinta preta
Bem na pontinha do pé.
Mas o tempo foi passando
E a pinta foi se apagando
Da ponta do pé do Zé.

O trabalhador fez trato
Pra trabalhar com trator.
O trator quebrou a tampa
Que fecha o carburador.
O carburador quebrado,

Quebrou o trato, tratado
Pelo seu operador.

O Zé ouviu a conversa
Vinda da boca da fé,
Era um singelo conselho
Para o tão teimoso pé:
— Costume feio esse seu,
Pé não deve ser pneu,
Pé não deve andar de ré.

Sabiá sempre assobia?
— Esta dúvida é de lascar.
Um sábio mestre falou
Ao filho, quase a cantar:
— Seu bisavô conhecia
O sabiá que sabia
Sabiamente assobiar.

Passa boi, passa boiada
Serra abaixo, serra acima,
Canta o boi da cara preta
E todo mundo se anima,
Canta eu, canta você,
Quanto maior o cachê
O cantador solta rima!

Bira plantou todo rio,
Ribeira abaixo inteira:
Caju, cajá, murici,
Macaúba, macaxeira,
Plantação de macambira,

Mas o orgulho do Bira
Era jabuticabeira.

Yara, a nossa arara,
Não é igual à de Lara.
Ela tem sua beleza,
A nossa, beleza rara.
A dela é lá de Belém,
A nossa, tu sabes bem,
Nasceu em Araraquara.

O Papa, papa palavra,
Pede pro povo perdão,
Profetiza paz profunda...
Papas: Chico, Bento e João,
Papa Pio, sem medo, medra...
Papa Pedro foi a pedra
Do pensamento cristão.

O pardo pardal pousou
No porteiro do portal,
E ciscou, piou, pulando
Pelas plantas do quintal...
E, depois foi se assanhando,
Até que piou voando
Por dentro do matagal.

Marina mirando o mar...
A ostra na mão do astro,
E por fora da jangada,
Marés marejam o mastro.
E as ondas vão se engolindo,

33

O mar vindo, rindo e indo,
Faz e desfaz o seu rastro.

Enquadro quatro quadrinhos
Em um caixote quadrado.
Se colocasse um quadrão
Ficava muito apertado...
Pois não existe razão
Pra se botar um quadrão,
Em um pequeno quadrado.

Dentro da palavra escola
Temos três letras de bola,
Quatro letras de cachola,
Três últimas da viola,
Duas da palavra trova;
O mesmo número em prova,
Outras cinco em espanhola.

Um rato, um pato e um gato
Teatralizaram um fato:
O gato olha para o pato,
Que pisca o olho no gato;
Não é que o pato, com o gato
Se abraçaram com o rato
No fim do terceiro ato!

Prado, jogador de dado,
Dado é o seu enredo...
Rolando o dado nas mãos,
Passando de dedo em dedo,
Prado sempre tem ganhado

Toda vez que faz o dado
Girar na ponta do dedo.

Não nego que é seu ego
O que atrela e atropela,
Que me manda pregar prego
Bem no centro da portela.
Depois fica a reclamar
Sem ter prego pra pregar
A pinguela da capela.

Na trava do trava-língua
Uma criança brincava...
Palavra bem complicada
Só um gravador lhe grava,
Diga: — Greve, clave e crave,
Também, crave, clave e grave.
É trava-língua, destrave!

A trava que trava a porta,
A trava que trava a trave,
A trava destrava a voz
Que soletrava no grave.
Nem toda trava se trava,
Qualquer trava se destrava
Na hora que crava a chave.

Atura tem as três letras
da dura palavra pura.
Postura com sete letras,
Apenas seis em altura,
Acredita criatura,

Pois rimar tanto com ura,
Leva à loucura, sem cura.

Teca tocava rabeca
Dentro da biblioteca,
Por ser um som estridente
Disseram: Não é da teca.
E sei, não tô enganado,
Pois vem lá do outro lado
O som levado da breca.

Amanda, mãe de Fernanda,
A Luanda e dona Holanda,
E a Vanda da propaganda,
Todas conhecem a demanda
Do que anda ou que desanda...
Mas, sabe toda ciranda,
Que Amanda manda na banda.

Socorro disse: Eu corro
Pra cima daquele morro,
Recorro tudo, tudinho
E beco a beco eu percorro,
Para procurar Rodrigo
Que subiu com seu amigo
Vestido em traje de zorro.

São vinte e oito poetas
Que aqui se apresentaram
Com muito ritmo e talento
Poemas que encantaram;
Clima de festividade,

Um show de habilidade
Neste Sarau demonstraram.

Nós almejamos sucesso,
Nesta ação renovadora.
Todos serão premiados
De forma merecedora,
Com o grupo contemplado,
Sendo o livro publicado
Pela Global Editora.

FIM.

O LEÃO QUE NÃO QUERIA SER REI
(INSPIRADO NUM CONTO POPULAR AFRICANO)

O LEÃO QUE NÃO QUERIA SER REI
(INSPIRADO NUM CONTO POPULAR AFRICANO)

No continente africano,
Essa história aconteceu.
A voz da oralidade
Cantou, falou, escreveu,
E eu sempre tenho dito
Que através de um manuscrito,
Ela, pra nós, renasceu.

Essa fala sobre um homem,
Um leão e um chacal;
Os dois citados por último
Têm distinção de moral,
Para o felino guerreiro,
Seu pequeno companheiro
Era um amigo leal.

O servidor e seu rei
Costumavam se encontrar,
Horas e horas ficavam,
Os dois a confabular,
O chacal com maestria
Mostrava que conhecia
As histórias do lugar.

Eram os seus bons conselhos,
Ricos em sabedoria,
Com respeitosa postura
O chacal tudo fazia,

Naquela tão sábia festa
O senhor rei da floresta
Batia palmas e ria.

Mas, numa conversação,
Vem algo inconveniente,
Fugiu da boa noção,
E muito empolgadamente
O conselheiro chacal
Vai pro lado pessoal,
Sem se ver incoerente.

O leão se vangloria
E por respeito e bondade,
O chacal alimentava
Do seu rei a vaidade.
Com tanta bajulação
Só crescia a ilusão
No ego da majestade.

Entre tantos elogios
O chacal diz cuidadoso:
— O senhor tem que saber
De algo misterioso...
Peço, não me leve a mal,
Existe um outro animal
Também muito poderoso.

— Mais poderoso que eu?
— Lamentavelmente sim,
Mas acredito que não...
Talvez mentiram pra mim.
— Eu preciso lhe encontrar

Para me certificar
Se ele é tão forte assim!

Qual é mesmo o nome dele?
Quem é essa criatura?
— Ele é chamado de homem
E nem tem boa estatura...
Mas garanto a vossa alteza
Que ele tem muita esperteza
E também grande bravura.

— Eu ordeno que você
Aponte-me essa fera,
Pois quero mostrar pra ele
Quem manda aqui nessa esfera.
O chacal pôs-se a andar
Falando: eu vou lhe mostrar
E sem nenhuma espera.

Caminharam, caminharam,
Ao encontrar uma criança
O leão grita: — É o homem?
Diz o chacal em bonança:
— Senhor, tente se acalmar,
Haveremos de encontrar,
Me dê sua confiança.

Até mesmo um ancião
Que essa dupla avistou,
O leão quis agredi-lo,
Mas o chacal evitou,
Dizendo: — Calma, alteza!
Esse, com toda certeza,
Da luta se aposentou.

43

Na caminhada da dupla,
Tudo enquanto o leão via
Perguntava: — É o homem?
E o chacal lhe respondia:
— Tenha calma, rei leão,
Prepare o seu coração
E modere a valentia.

Eu sinto se aproximar
O que meu rei mais deseja,
Realizar o seu sonho
E tudo quanto ele almeja,
Mas, antes, quero dizer:
Pro seu sonho florescer
Deves vencer a peleja.

E de repente avistaram
A folhagem se mexendo,
O chacal diz: — Ó meu rei,
Tu vês o que eu estou vendo?
— Sim, mas cuidado ao falar,
Pois se ele me avistar
Poderá sair correndo.

Era um jovem caçador,
Com dois metros de altura,
Pesava mais de cem quilos.
Negro, pele bem escura,
Olhar firme, destemido,
Um gigante revestido
De vasta musculatura.

Ainda mais protegido
Por ferozes guardiões,

Os que ouvirem essa história
Vão "tremer" as emoções.
Além de afiada lança,
Ele tinha a segurança
De mais ou menos dez cães.

— Eis o homem, majestade!
E se escondendo, o apontou:
— É sua oportunidade,
O seu momento chegou!
Faça uma luta honrada,
Com a vitória alcançada
Pelo tempo que esperou.

O leão partiu pra cima
Dizendo não vá fugir!
E os cães, heroicamente,
Lutaram para impedir.
Mas, com determinação,
Em pouco tempo o leão
Botou todos pra dormir.

E foi procurando um jeito
De deter seu inimigo,
Que gira a lança com a mão
Pensando: "sei que consigo".
Jogou a lança e errou,
Logo leão lhe atacou
Causando grande perigo.

Entre gritos e bramidos
Pelo chão os dois rolaram.
Quem me ouvir tenha a certeza

Que todos se machucaram.
Ambos queriam vencer
E nem sonhavam perder,
Por isso tanto lutaram.

Em meio a roupa e o corpo
O homem puxa um punhal,
Mas um violento tapa
O joga no matagal.
O homem pensou consigo:
"Ou venço meu inimigo,
Ou vou me dar muito mal".

Mas quase não teve tempo
De formatar sua ideia,
O rei leão parecia
Uma grande centopeia.
O caçador vacilou
E o rei o abocanhou
Seu pulso e sua traqueia.

Porém, com a outra mão
O homem saca a pistola
E já dá tantos "pipocos",
Dele o leão se descola,
Pela sua integridade
Fugiu com velocidade,
Qual um jato que decola.

Na carreira ele gritou:
— Vamos, amigo chacal...
Este tal de bicho-homem
É cruel e desleal...

Eu lutei com unha e dente,
Ele lutou diferente,
Não confie neste animal.

Eu fui lhe enfrentar sozinho,
E honrei minha disputa,
Lutando com mais de dez,
E só usei força bruta.
Neste desigual duelo
Fiz deles, total flagelo,
Respeitando a grande luta.

No momento em que ele viu
Que a coisa estava ruim,
Arranca a própria costela,
Cravou três vezes em mim,
Dói demais essas furadas,
Costelas tão amoladas,
Como pode ser assim?

Bem que acertei sua mão
Com minha força plural,
Que sua costela foi
Cair lá no matagal.
E logo pensei comigo:
"Agora o meu inimigo
Deixa o seu ciclo vital".

Ia morder seu pescoço
Quando de costas pro chão,
Ele tira algo do corpo
Que não tem explicação:
"Senti que perdi o jogo,

A coisa soltava fogo
Com barulho de trovão".

Pipocou nos meus ouvidos,
E eu só não morri por pouco.
Pra fugir do feiticeiro,
Passei o maior sufoco.
Meu companheiro chacal,
O homem é um animal
Trapaceiro, frio e louco.

— Peço perdão, vossa alteza,
Que vexame lhe causei!
Mas saiba que para sempre
O senhor será o rei.
O leão diz: — Obrigado,
Você está enganado,
Eu fui, e não mais serei.

Dê esse título ao homem,
Pra mim não tem mais valor.
Quero cultivar a selva,
Zelar por seu esplendor,
Fortalecer seu legado
E viver enraizado
Pelas sementes do amor.

FIM.

O Casamento do Pequeno Polegar com a Chapeuzinho Vermelho

O CASAMENTO DO PEQUENO POLEGAR COM A CHAPEUZINHO VERMELHO

O fato que vou eu narrar,
Antes ninguém lhe contou,
Pois ouvi de um ancião
Que lá em casa passou.
Ouça esta bonita história
Que ele tinha na memória
E para mim revelou.

Personagens importantes
Da nossa literatura,
São eles para as crianças
Bons exemplos de bravura.
Aqui, os dois bem juntinhos,
Cruzam os nossos caminhos
Com alegria e doçura.

Creio que vocês conhecem
O Pequeno Polegar
E a Chapeuzinho Vermelho
Que o lobo quis devorar.
Eu guardei do ancião
Esta bela narração
Que agora irei lhes contar.

Mas como sabem vocês,
O tempo faz e desfaz.
Chapeuzinho já é moça,
Polegar, hoje, um rapaz.

Eu vou começar a ler
Pra todo mundo entender
As voltas que o tempo faz.

Muita atenção, garotada
Que está a me escutar,
Pois ela é tão envolvente,
Boa de se apreciar.
Uma história diferente,
Simples, porém, comovente,
Que este cordel vai narrar.

Nesta lenda, o Polegar
Do gigante se livrou;
A partir do mesmo dia
O sucesso lhe abraçou.
Assim o destino quis,
Ele foi viver feliz
E nada mais lhe faltou.

Ele foi pra uma fazenda
Morar com a sua gente,
Passou a comer melhor
Aí cresceu de repente,
De pequeno e esquisito
Tornou-se forte e bonito,
Mais esperto e inteligente.

Muito querido por todos
Daquela localidade,
Onde Polegar passava
Ia plantando a bondade
E semeando o amor,

Visto como protetor
Da sua comunidade.

Belo dia ele montou
E saiu a galopar,
Bem depois viu uma moça
Num lago azul a pescar.
E teve grande surpresa,
Pois sentiu ser a princesa
Que lhe fazia sonhar.

Daí correu até lá,
Do seu cavalo desceu
E disse: — Sou o Polegar,
E qual é o nome seu?
Ela com a voz de anjinho
Respondeu: — Sou Chapeuzinho,
E o prazer é todo meu.

Ele disse: — Chapeuzinho,
Ver você é uma glória.
Um caçador me contou
A sua triste história.
Aquela cena "lacrau",
Do terrível lobo mau
Não me foge da memória.

Na margem do lago azul
Começam a conversar,
Esse papo durou tanto,
Mas foi bom ela escutar…
Quando o sol ia sumindo
Polegar tava pedindo
Pra com ela namorar.

Daí nasceu o amor
Do Pequeno Polegar,
Pois Chapeuzinho jurou
Pra sempre lhe namorar,
Assim, com delicadeza
Pela verde natureza
Foram juntos cavalgar.

Gente, que coisa mais linda,
Nessa tarde aconteceu!
Tudo que não era alegre,
Dali desapareceu.
Polegar e Chapeuzinho
Ninguém mais era sozinho
Pra eles, o amor nasceu.

À casa de Chapeuzinho,
Polegar também marchou.
Para a mãe e a vovozinha
Chapeuzinho ressaltou:
— Ouçam o que vou dizer,
Apresento com prazer
Quem meu coração ganhou!

Sua mãe ficou contente
Com o acontecimento.
A vovozinha sentiu
Um grande contentamento,
Mostrando sério carinho
Perguntou à Chapeuzinho:
— Quando é o casamento?

Nesse instante, Polegar
Pra Chapeuzinho falou:
— Você quer casar comigo?
Ela de pronto aceitou.
Nasce, assim, mais esperança
E o casal com confiança
O casamento marcou.

E no meio da floresta
Começam a preparar
O mais bonito cenário
Que se pode imaginar:
Aves, borboletas, flores
E outros mil esplendores
Ilustravam o lugar.

Ali fez uma capela
E nela mandou botar
Uma frase convidando:
"Vamos juntos festejar...
Todos seres da floresta
Venham para a nossa festa
Sorrir, comer e dançar".

E lá chegava de tudo,
Periquitos e pardais...
O sorriso era presente
Nas ramas dos vegetais.
Chegavam corrupiões,
Colibris, emas, pavões,
Entre outros animais.

Do sapo ao elefante
Estavam naquela festa,
Todos sorrindo, brincando,
Frente a frente, testa a testa.
Só o lobo mau não veio,
Pra não passar aperreio
Sumiu daquela floresta.

E avistaram a preguiça,
Vinha lá quase parada.
Todos os bichos se espremiam,
Pra não soltar a risada.
Diziam: — Vejam vocês,
Ela saiu faz um mês,
E chegou muito atrasada!

Mais convidados chegavam,
Um momento de esplendor,
Para Chapeuzinho, um deles
Foi o seu libertador;
No meio de tanta gente
Ela chega sorridente
E abraça o caçador.

Uma banda harmoniosa
Não parava de tocar.
O casal dizia: — Vamos
Comer, beber e dançar!
Um vento fresco soprou
E a floresta se alegrou,
Num contente festejar.

Muitos sucos, frutas, bolos,
Maçã do amor, que doçura,
Algodão-doce, aluá,
Tapioca e rapadura.
Chapeuzinho e Polegar
Sorriam sempre a olhar
O fervilhar de ternura.

Bem antes da meia-noite
Os pais do casal chegaram,
Entraram na capelinha
Rindo, se cumprimentaram.
E com a voz da benção,
Em grande dedicação
Os filhos abençoaram.

A marcha nupcial
Logo começa a tocar,
Toda plateia de pé
Olhando a noiva passar.
A música suavizando,
O vigário celebrando
O enlace do Polegar.

Ela vestida de branco,
Tinha na cabeça um véu
Como fiapos de nuvens
Cobrindo o rosto do céu.
Ela a ele, dando a mão,
Ofertou-lhe o coração,
O mais sublime troféu.

Agora, os dois de mãos dadas,
Ajoelham-se no altar,
Ali na frente do padre
Suspiravam devagar
Movidos pelo desejo
Faltando apenas o beijo
Pro sonho realizar.

Na troca das alianças
Ele sorriu para ela,
Ela faz a mesma coisa
De maneira bem singela.
Eu confesso, garotada,
Que Chapeuzinho casada
Ainda ficou mais bela.

Assim termina esta história
Que o ancião me contou,
Ilustrada com riquezas
Que a tradição semeou.
Chapeuzinho e Polegar
Hoje vivem a desfrutar
Do que o destino traçou.

Eu fui um dos convidados
Comi, bebi e cantei.
Conversei com o Polegar,
Com Chapeuzinho dancei.
Brinquei com os animais
E quem quiser saber mais,
Pode perguntar que eu sei.

FIM.

O patinho Tico nas asas da liberdade

O patinho Tico nas asas da liberdade

Na vida de uma criança
Nem sempre é tudo risonho,
Um descuido e se transforma
Num pesadelo medonho.
Quando lhe falta capricho
Qualquer espécie de bicho
Se desvanece do sonho.

Gente que vai e não volta
Para perto da criança,
Medos confusos, difusos
Vão moendo a esperança.
Vários acontecimentos
Transformando bons momentos
Em tão amarga lembrança.

A vida é o desafio
De não se acomodar.
É amedrontar o medo
Para nunca fracassar,
Ainda bastante novo,
Quebrar a casca do ovo
Sair de dentro e voar.

Esta é a história de Tico,
Um indeciso patinho,
Ele e mais seus nove irmãos
Nasceram no mesmo ninho,

Com determinado acato
Senhor e senhora pato
Lhes dedicavam carinho.

Para os amigos, o pai
Com muito orgulho dizia
Da grande felicidade
Que a família trazia
O bem-estar dos seus filhos,
Eram os mais sagrados brilhos
Que a natureza cedia.

Esses lindos irmãozinhos
Viam com muita ternura
Que a vida ali parecia
Uma eterna gostosura;
Entre peixes e os coelhinhos
Borboletas, passarinhos
Na mais alegre aventura.

Assim meses se passaram
Naquela tranquilidade,
Quando o pai disse: — Meus filhos,
Não ignorem a verdade:
A partir desse momento
Começa o treinamento
Para o voo da liberdade.

Tico logo perguntou:
Isso é coisa de comer?
Doce, azedo ou salgado,
Papai, quero conhecer.
Seu pai disse: — Liberdade

É o zelo da vontade
E do seu próprio querer.

Essas nuvens viram chuvas
Para alegria da planta
Bem antes do sol nascer
Tem o rouxinol que canta,
O voar do beija-flor
É natural esplendor
E seu brilho nos encanta.

Há um peixe que um dia volta
Ao lugar onde nasceu,
Nadando contra as correntes
Cumprindo o destino seu.
É grande a dificuldade,
Mas a sua liberdade
A natureza lhe deu.

Ser feliz é, quase sempre,
Fazer o que mais almeja:
Por isso não subestime
Quem lhe estimula que veja
A beleza de voar,
No céu azul navegar
Buscando o que mais deseja.

Nós somos patos selvagens,
Querem nos domesticar,
Voando perto das nuvens
Ninguém pode nos pegar.
Vamos alçar a partida

Porque não temos saída,
Nascemos para voar.

Está no mar e nos rios
A liberdade do peixe,
No ar se encontra a sua
Depois você não se queixe
É necessário voar
E eu quero lhe ensinar,
Espero que você deixe.

Quando se vê lá do alto
Tudo é maravilhoso:
Mares, matas e montanhas
Têm aspecto majestoso.
E o sol indo dormir
Parece nos conduzir
Por seu olhar luminoso.

O vento fica quietinho
Como um anjinho rezando,
Enquanto alguns animais
Já vão se agasalhando.
E nós, os patos selvagens,
Seguimos nossas viagens
Por entre as nuvens voando.

Tico diz em gargalhada:
— O que que é isso, meu pai?
Prefiro nadar, correr;
Dói bem menos quando cai,
Voar a toda essa altura,

Isso é grande loucura
E o Taquinho não vai.

Nessa hora o seu pai
Até parou de sorrir,
Seus olhos ficaram tristes
E não souberam fingir,
Sem ação perdeu o brilho,
Não querendo ver o filho
Da liberdade fugir.

Disse: — Filho, pra você,
Isso será um agravo,
O pato selvagem é,
Antes de tudo, um bravo
E não uma ave à toa,
Já aquele que não voa
Acaba sendo um escravo.

— Meu pai: o que é escravo?
O patinho perguntou.
— Contarei para vocês
O que meu pai me contou,
Se não me falta a memória,
Ele ouviu essa história
E só para mim falou.

Há muito, há muito tempo
Não existia maldade,
Ninguém era de ninguém
Prevalecia igualdade.
Como pragas que consomem

Cresce o domínio do homem
Restringindo a liberdade.

Logo inventou o chiqueiro
Gaiola, corda, curral,
Laço, arapuca e cabresto,
Programou arma letal,
A sua perversidade
Foi castrando a liberdade
De todo reino animal.

Jumento, burro, cavalo
Foram nos campos caçados,
Marcados a ferro quente,
Queimados, chicoteados.
Além de muito apanhar,
Tendo que se adaptar
Aos trabalhos forçados.

Às vezes só têm direito
A uma mísera comida,
Tem cavalos que são mortos
Por perderem uma corrida,
Esses pobres animais
Terão sofreres brutais
Por todo resto da vida.

São vários seus escravos:
Escravo pra passear,
Escravo que serve a mesa,
Escravo pra lhe guardar.
Sua vida sem escravo

Traria um sabor tão travo
Difícil até de explicar.

São piores que hienas,
Que os lobos e os felinos,
Sendo alguns racionais
Com instintos assassinos.
São eles perseguidores,
Intensos demolidores
Que atingem nossos destinos.

Que tristeza pros patinhos
Vendo o pai a proclamar
Dizendo: — Filhos, o homem
Vive para escravizar,
Percorre todas as trilhas
E de suas armadilhas
Ninguém consegue escapar.

Mas Tico não dava ouvido
Àquilo que o pai falava,
Seus olhos miravam uma
Onda que se balançava
E um coelho que corria,
Mas tudo que o pai dizia
Ele jamais escutava.

Tanto que saiu correndo
Sem qualquer consentimento.
Foi brincar com os pardais
Naquele mesmo momento,
Os irmãos se prepararam

E com o pai começaram
O devido treinamento.

— Crianças, batam as asas,
Prendam a respiração,
Mantenham só as pontinhas
Dos seus pezinhos no chão.
Inspirem e prendam o ar,
Agora tentem voar
Para aquela direção.

Com bastante sacrifício
Aprenderam a voar
A levantar voo da água
A respiração usar
A subir e a descer
Com segurança fazer
Rápidas manobras no ar.

Enquanto eles treinavam
O Tico se divertia
Mergulhava com os peixinhos
Com os coelhos corria
Ele não imaginava
Que para si preparava
Um leque de agonia.

Logo o verão foi-se indo
E um forte inverno chegando,
O sol dormindo mais cedo
E a comida se acabando,
Bandos de patos selvagens

Foram seguindo viagens,
Novos rumos procurando.

Tico começou a ver
Todo aquele desalinho;
Olhou em todos os lados
Não viu mais um amiguinho
O medo em si se arranchou,
Foi quando ele notou
Que ia ficar sozinho.

Não quis ouvir do seu pai
O conselho da verdade,
E preparou para si
Tremenda perversidade.
Achando melhor brincar,
Do que antes preparar
O voo para a liberdade.

Nadando em pensamentos
Ouviu o seu pai chamar,
"Ninhada fora do lago,
Comecem a respirar...
Isso aqui vai virar brasas,
Aqueçam as suas asas
Que nós vamos viajar."

Forte barulho de asas
Começaram a bater,
Quando o papai disse: — Vamos!
Voaram para valer.
Só o Tico ficou no chão,

O pai viu e disse: — Vão,
Que eu volto pra socorrer.

E ficou dias tentando
Fazer o filho voar,
Mas ele não conseguia
Encher os pulmões de ar.
No alto dessa agonia
Ele tentava e caía
E o pai a lhe ajudar.

Mas de repente se ouviu,
Como se fosse um trovão,
Muitos tiros de espingardas
Bem naquela direção,
E o seu pai, sem demora,
Bateu asas, foi embora,
Por não ter outra opção.

Tico jogou-se no lago,
Mas uma rede o prendeu.
Foi arrastado pra fora,
De medo quase morreu,
Jogaram-lhe num surrão
E a sua escravidão
Naquele instante nasceu.

Pelas mãos dos caçadores,
Saiu dali sufocado,
Foi levado para um sítio,
Por bravos cães vigiado.
E nada mais lhe restava,
Ele não mais duvidava
Da palavra escravizado.

Lhe cortaram uma asa,
O soltaram no quintal,
Transformando sua vida
Num tão triste funeral.
O Tico que foi selvagem
Tornou-se agora a imagem
Do mais sofrido animal.

Mas a lágrima da tristeza
Faz dentro dele nascer
O desejo de voar
Fez a coragem crescer
Mandando ele lutar,
Ser livre, se libertar,
Sentir gosto de vencer.

Tico começa a lembrar
Do que o seu pai lhe dizia,
Sem o seu lado selvagem
O homem lhe prenderia,
Tudo que o pai lhe falou,
Em sua mente voltou
Mesmo quando ele dormia.

Fim de tarde no terreiro
Os cães pegaram a brincar
Um correndo atrás do outro
Brincando de derrubar,
O Tico presenciava
E com isso, ele encontrava
Um jeito de escapar.

Fez amizade com cães
E entrou na brincadeira,

Suas batidas de asas
Agilizavam a carreira.
Por vez tombava e caía,
Se levantava e corria,
Chega subia poeira.

Um dia seu dono viu
E ficou todo contente,
E disse para a família:
— Que patinho inteligente,
Como é desacanhado,
Também bastante engraçado,
Parece gostar da gente.

Já havia se passado
Uma penosa estação,
Quando Tico olhou pro céu
Doeu o seu coração,
Vendo seguindo viagem
Aquele bando selvagem,
E ele preso no chão.

No outro dia cedinho
Seu dono foi trabalhar.
Tico e mais três cachorros
Começaram a acompanhar,
Quando o dono olha pra trás,
Diz: — Este pato é demais,
Tá querendo me ajudar!

E lá enquanto seu dono
Pela roça trabalhava,
O voo para a liberdade

O Tico exercitava.
A sua asa crescia,
Ele calado tecia
O sonho que almejava.

Corria com os cachorros
Treinando a respiração,
Fortalecendo bem mais
A sua musculação.
Tico até percebia
Que em breve fugiria
Daquela triste opressão.

E semanas se passaram,
Tudo em plena harmonia.
Tico era para o dono
A perfeita companhia,
Pra onde ele marchava
O pato lhe acompanhava
E o seu dono dizia:

— Este é meu guarda-costas,
Mais fiel do que um cão.
E jogava para ele
Bastante milho no chão,
O Tico se alimentava,
Mas também compartilhava
A preferida ração.

As asas agora estavam
Em tamanho bem iguais,
Chegava nova estação,
Com ela, seus rituais.

Tico sentia alegria
Pois nessa ele voltaria
Ao encontro dos seus pais.

No dia seguinte, o vento
Começa a varrer o chão,
Dirigindo seu destino
Para outra direção,
E Tico falou consigo,
Este tempo, meu amigo,
É minha libertação.

Neste instante percebeu
No seu terreiro parar
Homens armados chamando
Seu dono para caçar,
Este disse: — Peço calma,
Vocês vão sentir na alma
Tudo que eu vou lhes mostrar.

Lembram do patinho bobo
Que a gente capturou?
É aquele grandalhão,
Gente como ele mudou,
Mesmo sem asa cortada
Não me larga para nada,
Sempre está onde eu estou.

Um daqueles homens disse:
— Isso é conversa fiada,
Faz três anos que um desses
Me arrumou uma cilada,
Na mudança de estação,

Igualmente um avião
Decolou em disparada.

Preste atenção no conselho
Que eu tenho para lhe dar,
Vamos almoçar o pato
Antes de ele se mandar.
E hoje em nossa viagem
Peguemos mais um selvagem
Para ocupar seu lugar.

O dono disse: — Está bem!
E o outro aponta a espingarda,
Mas antes de disparar
Um cão lhe deu uma dentada;
Quando o tiro detonou,
Por acidente acertou
O pé do seu camarada.

Na confusão Tico vê
Patos selvagens voando,
Compreendeu que os cachorros
Estavam lhe ajudando,
Prepara a respiração
Parte feito um avião,
Rumo aos céus decolando.

Os caçadores olharam
Sem nada poder fazer:
Um agarrado com o pé
E o outro a se tremer.
Gritou o dono da casa

A peste daquela asa
Porque eu deixei crescer!

Reclamaram, lamentaram,
Da própria fragilidade.
Nos céus o Tico mostrava
Voar com habilidade,
O que o pai tanto queria,
Só agora ele sentia
O gosto da liberdade.

Se na vida lhe surgir
Alguma privacidade,
Siga o exemplo do Tico
E busque felicidade,
Sempre o bom senso nos diz:
Quem quiser viver feliz,
Lute pela liberdade.

FIM.

Rafaela Lopes

COSTA SENNA é de Fortaleza, viveu parte de sua infância e adolescência no Choró, também conhecido como Choró Limão, que, na época, fazia parte do Sertão Central de Quixadá. Ingressou na arte em 1980, atuando em peças teatrais; em 1990, muda-se para São Paulo e torna-se um dos precursores da nova face da literatura de cordel. Escreveu diversas obras como *Jesus brasileiro* (em parceria com Marco Haurélio), *As lágrimas de Lampião*, *Sem fumaça: São Paulo sobre os trilhos*, *Cante lá e cante cá*, entre outras.

Cantor e compositor, com vários álbuns gravados, Costa Senna funde o universal ao regional, com influências como Luiz Gonzaga, Raul Seixas, Alceu Valença, o rap urbano e o repente dos grandes cantadores nordestinos. Atualmente, desenvolve um show composto por cordel, contação de histórias, músicas, brincadeiras, trava-línguas, levando informações que fortalecem o conhecimento dos estudantes, educadores e apreciadores da nossa cultura.

É um dos poetas pioneiros na utilização de temas ligados à educação na literatura de cordel. Recebeu da Câmara de Vereadores de São Paulo o título de cidadão paulistano em maio de 2008. É um dos fundadores e curador do Sarau Bodega do Brasil desde 2009, tendo sido um dos representantes do Brasil na 40ª Feira Internacional do Livro de Buenos Aires em 2014.

LUCÉLIA BORGES nasceu em Bom Jesus da Lapa, sertão baiano, e viveu muitos anos em Serra do Ramalho, região do Médio São Francisco, em companhia da bisavó Maria Magalhães Borges (1926-2004), uma grande mestra da cultura popular.

Produtora cultural, xilogravadora e contadora de histórias, dedica-se à pesquisa das manifestações tradicionais do interior baiano, com destaque para a cavalhada teatral de Serra do Ramalho e de Bom Jesus da Lapa, tema da dissertação de mestrado defendida na Universidade de São Paulo.

Vivendo em São Paulo desde 2006, é mãe do Pedro Ivo, que também adora desenhar. Ilustrou vários folhetos de cordel e os livros *A jornada heroica de Maria*, de Marco Haurélio, *Ithale: fábulas de Moçambique*, do professor e escritor moçambicano Artinésio Widnesse, além de *O dragão da Maldade e a Donzela Guerreira* e *Contos encantados do Brasil*, de Marco Haurélio, entre outros livros.

Nesta obra do Costa Senna, Lucélia buscou referências nas imagens guardadas na memória desde sua infância, quando brincava com as palavras e imaginava desenhos nas nuvens do céu.

CONHEÇA OUTRAS OBRAS DO AUTOR PUBLICADAS PELA GLOBAL EDITORA

Caminhos diversos sob os signos do cordel

A literatura de cordel é uma das expressões culturais mais populares do Brasil, e Costa Senna é mestre nessa arte. Nesta antologia, o poeta une características e temas típicos do cordel com a vida urbana e canta a metrópole caótica e seus personagens, sem perder o assombro do nordestino perante a realidade tão diversa do sertão.

Cordéis que educam e transformam

Os cordéis de Costa Senna, um dos maiores cordelistas do Brasil, abordam com simplicidade e inteligência temas do nosso cotidiano, como participação política, alfabetização, uso consciente dos recursos naturais, entre outros, com a intenção de educar. Ao ler seus versos, você será motivado a repensar e transformar seus caminhos.